Gallimard Jeunesse / Giboulées sous la direction de Colline Faure-Poirée

FSC

ISBN : 978-2-07-058571-7
Premier dépôt légal : octobre 1994
Dépôt légal : juillet 2011
Numéro d'édition : 233844
Loi n°49956 du 16 juillet 1949
sur les publications destinées à la jeunesse
Imprimé en France par Jean-Lamour

Marie la Fourmi

Antoon Krings

GALLIMARD JEUNESSE / GIBOULÉES

Il était une fois un château, un merveilleux château de fourmis, où vivait la reine entourée de ses nombreux sujets.

Des ouvrières, Marie était la plus petite. Chaque jour, elle courait avec ses sœurs de tous les côtés à la recherche d'un peu de nourriture, mais tout ce qu'elle trouvait était trop lourd à porter, ou bien trop gros à traîner pour sa petite taille.

Si bien que ses sœurs se moquaient
d'elle en lui faisant un tas de misères.
Et quand elle rentrait le soir
au château, le dos courbé sous son
maigre fardeau, elle était bien souvent
la dernière.

La reine des fourmis, qui n'avait pas
bon caractère, se mit en colère
en apprenant que le plus petit de
ses sujets n'accomplissait pas sa tâche.
« Nous avons beaucoup de bouches
à nourrir, et chacune de nous doit
apporter quelque chose au garde-
manger ! » s'écria-t-elle furieuse et,
sur-le-champ, elle fit renvoyer Marie.

Notre pauvre fourmi s'en fut donc seule dans le jardin. Très vite, elle se perdit et, comme elle ne savait plus où aller, elle se mit à pleurer. Quand elle apprit la cause de sa tristesse, Mireille l'abeille, qui butinait par là, l'invita à la suivre jusqu'à sa ruche.
« Notre reine te trouvera peut-être un petit travail. Il y a tant de choses à faire en ce moment. »

Elles arrivèrent à la ruche où les reçut une grosse abeille coiffée d'une petite couronne dorée : la reine.
« Les fourmis sont de bonnes travailleuses. Les cuisinières sont débordées avec tout ce miel. Tu les aideras », dit-elle.
« Oh, merci majesté ! » fit Marie en s'inclinant du mieux qu'elle put.

La reine la fit conduire aux cuisines. Là, il lui fallut trimer dur du matin au soir, se lever avant le jour et remplir des pots de miel. Mais voilà, Marie plongea ses doigts dans le précieux liquide pour y goûter, et ce qui devait arriver arriva : elle renversa un pot de gelée royale.

Lorsqu'elle eut vent de l'incident,
la reine se fâcha et fit jeter dehors la
fourmi encore toute poisseuse. Marie
se retrouva de nouveau très seule.
Pas bien longtemps, car un bourdon
vint à passer.

Comme son roi cherchait à se marier, Léon le bourdon emmena Marie jusqu'à son château pour voir si elle ne ferait pas l'affaire. Ils entrèrent dans un trou sombre et sale. Lorsqu'il la vit, le roi des bourdons agita ses ailes et s'exclama : « Ne veux-tu pas être reine, petite fourmi ? »

Être la reine d'un roi aussi laid,
non merci, Marie n'en avait pas du
tout envie. C'est pourquoi elle s'enfuit
à toutes pattes.

Elle courut se cacher dans un bouton de rose et là une petite voix lui dit : « Ce que je m'ennuie à toujours rester repliée sur moi-même. Reste, petite fourmi, reste, je t'en supplie. Tu me tiendras compagnie… » Aussi dit-elle oui à la rose qui s'ouvrit et exhala tout son parfum.

La rose devint ainsi la plus belle
des reines du jardin et Marie, qui était
toujours la plus petite des fourmis,
resta longtemps, très longtemps
auprès d'elle dans un bonheur parfait.